AF295628

RÉFLEXIONS

SUR

LA MUSIQUE.

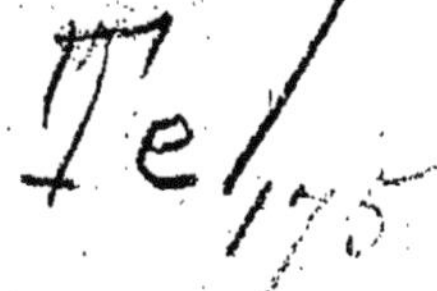

RÉFLEXIONS

SUR

LA MUSIQUE,

CONSIDÉRÉE

COMME MOYEN CURATIF,

Lues à la séance publique de l'Institut national des sciences et arts, le 20 vendémiaire an XI, par le citoyen DESESSARTS, membre de la Classe des sciences mathématiques et physiques.

En retranchant des anecdotes publiées par un grand nombre d'auteurs anciens et modernes sur les effets de la musique ce qui tient du miraculeux et ce qui paroît exagéré, il restera toujours pour constant que, dans tous les siècles et chez tous les peuples, les gouvernans, les législateurs, les médecins, leur ont attaché une grande confiance, dans la vue d'exciter ou de modérer les passions, et de dissiper des maladies même très-graves. Cette confiance étoit le fruit de succès que leur

A

publicité ne permettoit pas de révoquer en doute.

Le citoyen Roger les a presque toutes rassemblées dans une thèse qu'il a soutenue à Montpellier en 1769, sous ce titre : *Tentamen de vi soni et musices in corpus humanum.*

On y voit cet art dissiper les suites fâcheuses de la sombre mélancolie, de l'hypocondriacisme, de l'histéricisme, de l'imbécillité, de la manie ; arrêter les accès épileptiques et empêcher leur retour ; suspendre les douleurs de la goutte et de la sciatique, en prévenir les rechutes, ranimer les forces vitales après de longs épuisemens, faciliter et accélérer des convalescences difficiles : on le voit arrêter les désordres d'une imagination fougueuse, enchaîner les efforts violens qu'elle provoque dans le corps, et désarmer la main qui préparoit un crime ; on le voit écarter ces cruelles frayeurs que cause la morsure d'un animal suspecté de rage, et maintenir dans la paix de l'ame et la santé du corps des personnes que le préjugé condamne, trop souvent sans raison, à une maladie plus affreuse que la mort.

J'omets tous les faits qui attestent son pouvoir sur la civilisation des hommes, des animaux, sur la création et l'exaltation des passions dans l'ordre civil et religieux ; ils sont trop connus et trop journaliers pour être rappelés. Ce que nous avons vu de nos jours impose silence à l'incrédulité la plus opiniâtre.

Pourquoi l'emploi de cet art , qui produit des effets si étonnans dans l'homme en santé et dans l'homme malade , est-il abandonné aujourd'hui par les médecins ? Pourquoi n'y auroit - on pas encore recours dans des maladies qui éludent l'action des médicamens vantés comme les plus énergiques ?

Il est avoué de tous que les sons , gradués avec une sage économie , font naître dans l'homme des idées , des pensées différentes de celles qui l'occupoient, et des mouvemens auxquels la volonté n'a point de part. On sait que ces mouvemens , presque toujours concordans avec l'intensité des sons , opèrent de grands changemens dans les fonctions animales ; on sait que c'est par cette concordance que plusieurs malades ont été conduits graduellement à de violens exercices , dont l'effet a été une crise salutaire.

Dans la foule des faits que nous offre l'histoire, je me bornerai à un petit nombre , et je choisirai ceux dont les circonstances peuvent répandre quelques lumières utiles sur ce point de pratique médicale.

Le médecin Bourdelot , dans son *Traité sur la musique* , raconte qu'une femme devenue folle par la certitude qu'elle avoit acquise de l'infidélité de son amant , recouvra sa raison et sa santé par l'effet de trois concerts qu'on lui donna chaque jour. Pendant toute la durée du premier, elle jouissoit, à la vérité, du calme le plus satisfaisant; mais elle retomboit ensuite dans son premier état: ce qui obligea de continuer le remède, dont l'action soutenue détruisit le désordre de l'esprit et rétablit les fonctions corporelles.

On lit dans les *Mémoires de l'académie des sciences, de Paris, pour l'année 1707*, l'histoire suivante, communiquée à l'académie par M. Dodart, qui l'avoit vérifiée.

« Un musicien illustre, grand compositeur, fut
» attaqué d'une fièvre qui, ayant toujours aug-
» menté, devint continue avec des redoublemens;
» enfin, le septième jour, il tomba dans un dé-
» lire très-violent, et presque sans aucun inter-
» valle, accompagné de cris, de larmes, de ter-
» reurs, et d'une insomnie perpétuelle. Le troi-
» sième jour de son délire, il demanda à entendre
» un petit concert dans sa chambre; son médecin
» n'y consentit qu'avec beaucoup de peine. On
» lui chanta les *Cantates de M. Bernier*. Dès les
» premiers accords qu'il entendit, son visage prit
» un air serein, ses yeux furent tranquilles, les
» convulsions cessèrent absolument. Il versa des
» larmes de plaisir, et fut sans fièvre durant tout
» le concert; et dès qu'on l'eut fini, il retomba
» dans son premier état. On ne manqua pas de
» continuer l'usage d'un remède dont le succès

» avoit été si imprévu et si heureux. La fièvre et
» le délire étoient toujours suspendus pendant les
» concerts ; et la musique étoit devenue si néces-
» saire au malade, que la nuit il faisoit chanter
» et danser la personne qui étoit auprès de lui.
» Enfin, dix jours de musique le guérirent entière-
» ment, sans autre secours qu'une saignée du
» pied, qui fut la seconde pendant sa maladie, et
» qui fut suivie d'une grande évacuation. »

« Un maître à danser d'Alais en Languedoc,
» s'étant, pendant le carnaval de 1708, excessi-
» vement fatigué par les exercices de sa profession,
» fut attaqué d'une fièvre violente, et, le qua-
» trième ou cinquième jour, il tomba dans une
» léthargie dont il fut long-temps à revenir. Ce
» ne fut que pour entrer dans un délire furieux
» et muet, où il faisoit des efforts continuels pour
» sauter hors de son lit, menaçoit de la tête et
» du visage ceux qui l'en empêchoient, et refusoit
» obstinément, et toujours sans parler, tous les
» remèdes qu'on lui présentoit. M. Mandajor,
» maire de la ville, homme d'esprit et de mérite,
» qui le vit dans cet état, soupçonna que peut-
» être la musique pourroit remettre un peu cette
» imagination si déréglée, et il en fit la propo-
» sition au médecin. Celui-ci ne désapprouva pas
» l'idée ; mais il craignit le ridicule de l'exécution,
» qui auroit été encore infiniment plus grand, si

» le malade fût mort dans l'opération d'un pareil
» remède. Un ami du maître à danser, que rien
» n'assujétissoit à tant de ménagemens, et qui
» savoit jouer du violon, prit celui du malade,
» et lui en joua les airs qui lui étoient les plus
» familiers. On le crut plus fou que celui que l'on
» gardoit dans son lit, et on commençoit à le
» charger d'injures, lorsque le malade se leva sur
» son séant comme un homme agréablement sur-
» pris : ses bras vouloient figurer les mouvemens
» des airs ; mais parce qu'on les lui retenoit avec
» force, il ne pouvoit marquer que de la tête le
» plaisir qu'il ressentoit. Peu à peu cependant
» ceux mêmes qui lui tenoient les bras, éprouvant
» les effets de la musique, se relâchèrent de la
» violence avec laquelle ils le serroient, et cé-
» dèrent aux mouvemens qu'il vouloit se donner,
» à mesure qu'ils reconnurent qu'il n'étoit plus
» furieux. Enfin, au bout d'un quart-d'heure, le
» malade s'assoupit profondément, et eut, pendant
» ce sommeil, une crise qui le tira d'affaire. »
(Voyez *Mémoires de l'académie des sciences, de
Paris, pour l'année* 1708.)

En 1776, la princesse Belmont Pignatelli, de
Naples, en proie à une fièvre brûlante, étoit en-
tourée des médecins les plus célèbres de cette ville.
Le fameux chevalier Raaff se présente. A la prière
de la malade, il joue une ariette du célèbre Hasse,

(7)

surnommé le saxon. La fièvre s'appaise, s'évanouit,
le calme renaît ; et les médecins, en se retirant,
conseillent de n'en pas appeler d'autres que ce
nouvel Amphyon, à qui la princesse donna une
très-belle bague qu'elle portoit au doigt (1).

En l'an V , le citoyen Duval, membre de la
société de médecine de Paris, fut appelé auprès
d'une femme de 60 ans. Dès l'âge de 30 ans, elle
avoit éprouvé une suppression par l'effet d'une
frayeur subite. Une véritable catalepsie fut la suite
de cette suppression, et cette maladie couvulsive
se répétoit tous les ans à la même époque. Ce fut
dans un accès que le citoyen Duval la vit. Il tenta
inutilement plusieurs remèdes ; il eut recours au
clairon, dont il espéroit que les sons la stimule-
roient, parce que naturellement elle étoit gaie.
Elle n'en fut point affectée. Il fit chanter par sa
fille des chansons qui lui étoient familières. Le
mouvement de ses lèvres fit juger qu'elle y prenoit
part. Instruit qu'elle aimoit beaucoup les cantiques,
il se fit accompagner par un de ses amis, musicien, qui exécuta plusieurs airs sur la clarinette.
Ils étoient inconnus à la malade, elle y fut insen-
sible ; mais elle ne le fut pas aux *noëls* et aux
autres chansons de son goût. L'impression fut plus

---

(1) Voyez *Journal encyclopédique*, du 15 août 1776 ; celui
de *Musique*, année 1777 ; et celui de *Paris*, 15 avril 1778.

A 4

vive, plus marquée chaque jour; elle commença à marquer la mesure, de la main et de la tête, le quatrième jour. Le corps étant plus souple, on la sortit de son lit, et on la plaça sur une chaise: au moment où l'on entonna la chanson du *Confiteor*, elle se souleva elle-même, et joignit les mains en situation de suppliante. Le citoyen Duval profita de cette liberté dans les mouvemens; il la prit par les mains, la fit danser doucement, ensuite plus vite. Les membres, qui étoient restés dans l'état de catalepsie jusqu'au quatrième jour, obéirent à volonté, et la malade fut en état de reconduire son médecin et son musicien jusqu'au bout d'un long corridor, et le jour suivant jusqu'à la rue, ayant descendu trois étages; elle reprit ses occupations ordinaires.

Les occasions d'employer la musique comme moyen curatif étant aussi fréquentes, aussi multipliées qu'elles le sont, pourquoi les recueils d'observations, les ouvrages modernes de médecine nous offrent-ils si peu d'exemples de ses effets dans le traitement des maladies? Tâchons d'en assigner les causes. Il me semble qu'on peut en distinguer quatre.

La première est la confiance exclusive que l'on inspire aux élèves pour des remèdes décorés du titre trop souvent trompeur, d'*infaillibles*, de *spécifiques*.

La seconde est l'impatience des assistans qui, ne voyant pas un succès complet suivre l'administration du premier remède, le rejettent, en proposent ou administrent d'autres qu'on leur a assuré avoir opéré des cures merveilleuses, et en grand nombre, dans les mêmes circonstances : assertion presque toujours fausse, et dont les suites sont funestes.

Une troisième cause est le ridicule que versent sur le médecin qui propose la musique comme remède, des personnes d'ailleurs recommandables par leurs connoissances et par leurs talens, mais qui, n'ayant point réfléchi, ou ne voulant point réfléchir sur le rapport existant entre les effets que produit journellement la musique sur les êtres animés, tant au moral qu'au physique, et ceux qu'il est nécessaire d'exciter dans le corps du malade pour le rendre à la santé, traitent d'historiettes, de contes apocryphes, tout ce qu'on leur cite, même d'après des auteurs dignes de la croyance d'hommes non prévenus et justes. Cette crainte du ridicule, ou le respect trop timide pour l'opinion, pour l'autorité, étouffent le génie, et empêchent de faire le bien, que l'on opéreroit en suivant son propre sentiment, sur-tout quand il a pour base des faits constatés et des conséquences positives.

Il peut arriver que le refus de recourir à la

musique ait pour motif l'inutilité de son emploi dans quelques cas analogues à celui pour lequel on la propose. Mais ce motif n'a pas toujours autant de fondement et autant d'autorité qu'on prétend lui en donner. Car il ne suffit pas de faire entendre des sons mélodieux ou harmonieux à un hypocondriaque, à une histérique ; il faut que ces sons soient bien proportionnés, et adaptés à sa sensibilité, à son goût, à la disposition de ses nerfs, de ses humeurs. Or c'est le manque de cette proportion, que l'on ne se donne pas toujours la peine d'étudier, qui empêche le succès. C'est aussi la quatrième cause du discrédit de la musique.

Mon intention n'est point de soumettre à une comparaison rigoureuse la musique ancienne et la moderne. Ce parallèle est de beaucoup au-dessus de mes forces. Je ne dirai que ce qui m'a vivement frappé.

Je pense que personne n'élèvera le moindre doute sur la différence très-grande de notre musique et de celle des anciens, des Grecs, par exemple. Cette dernière, simple, n'étoit que mélodieuse : les sons tirés d'un seul instrument se fortifioient, s'adoucissoient, se modifioient graduellement, sans passage trop rapide d'un plus foible à un plus fort. Le rhithme étoit assujéti à des règles fixes. Chaque vibration, chaque modulation produisoit son impression. Les nerfs la recevoient pure et distincte; le sentiment croissoit dans la même proportion, se nourrissoit; s'exaltoit même ou s'affoiblissoit sans secousse. Cette musique s'est conservée, et ses effets sont sensibles dans les campagnes. Un hautbois, une clarinette, un violon, animent les danses où la mesure développe les mouvemens d'une franche gaîté. Ils sont sensibles chez les habitans des villes qui ne sont point blasés par l'affluence et la répétition des plaisirs, lorsqu'ils entendent les accens simplement mélodieux, dont nos habiles compositeurs nous font encore éprouver les charmes dans leurs meilleures productions. Et qui de nous n'en a pas reconnu le pouvoir, se surprenant en mesure à côté d'une cohorte militaire conduite par son tambour, soit dans une simple marche, soit au pas de charge ?

Notre musique, au contraire, j'entends celle de nos grands spectacles, de nos concerts, celle que la science des accords a travaillée, riche en harmonie par la pluralité des instrumens dont elle sait réunir et marier les sons, par la savante combinaison de ces sons dans tous les modes dont ils sont susceptibles, agit trop fortement, trop abondamment à la fois, sur les fibres nerveuses, non seulement de l'organe de l'ouie, mais aussi de tout le corps. Par ses mouvemens trop violens, trop rapides, elle ne conduit pas insensiblement, et par des gradations ménagées, les affections de l'ame aux changemens que l'on se propose de lui faire éprouver, et les organes du corps aux mouvemens capables de détruire la stase des humeurs, et de rétablir peu à peu les fonctions dans l'ordre naturel. Le trouble que, par ses mouvemens les plus brillans, elle porte dans l'homme tout entier, lui crée des sensations, des transports qu'il ne connoissoit pas, allume en lui un feu dont il est aussitôt dévoré qu'atteint, en fait un être au-dessus de lui-même.

Cette métamorphose, quelquefois aussi rapide que la commotion électrique, est trop éloignée de la marche mesurée de la nature dans ses opérations, et ne doit être tentée que dans des cas vraiment extraordinaires; lors, par exemple, qu'on ne peut corriger le désordre des fonctions intellectuelles, qu'en en causant un violent et prompt dans les corporelles.

La différence d'action par la musique seulement mélodieuse et celle que compose une savante et riche harmonie, une fois reconnue, ainsi que la facilité de se procurer la première, qu'une multitude innombrable de faits avérés prouve efficace et le plus généralement efficace, je demande quel est l'homme raisonnable qui refusera de l'admettre et de l'administrer ?

Depuis le milieu du siècle dernier, n'a-t-on

pas proposé et vanté, même au peuple, l'usage interne de poisons universellement reconnus pour
tels, en proportionnant leurs doses à la sensibilité
du sujet, et aux effets que l'on avoit en vue ? Certes,
la musique n'expose pas aux mêmes dangers que
l'emploi des poisons. On peut la doser suivant les
mêmes règles. L'impression qu'elle fait est soumise
à nos sens externes. Nous pouvons la suivre et la
modifier à volonté, avantage que l'on n'a pas, et
que l'on ne peut avoir dans l'administration interne
des poisons, et même des médicamens ordinaires.
Pourquoi donc un praticien intelligent n'essaie-
roit-il pas le pouvoir de cet art dans des maladies
où l'impuissance trop fréquemment constatée des
remèdes ordinaires livre le malheureux malade à
une perte inévitable, comme dans l'épilepsie,
dans cet horrible affection convulsive que l'on a
nommée *rage* ? Un seul malade guéri par un moyen
aussi innocent seroit une douce récompense de son
zèle éclairé.

Mais il ne réussira pas en employant toute espèce
d'airs, toute espèce de musique. L'histoire de la
malade traitée par le citoyen Duval, et celles de
de quelques autres, que le temps ne me permet pas
de rapporter, en sont une preuve. Il faut, ainsi
que dans l'administration des moyens thérapeuti-
ques ordinaires, choisir les airs, le rhithme, d'après
la connoissance acquise de l'idiosincrasie du ma-

lade, de son genre de vie, de ses habitudes, de son âge, de son sexe, et même de la température du climat qu'il habite.

L'expérience a appris que les musiciens de profession, les amateurs, sont plus sensibles aux effets de la musique que d'autres, mais qu'elle doit être plus nourrie, plus forte, plus riche pour eux, et choisie suivant leur goût, leur prédilection ; qu'elle affecte plus facilement les femmes que les hommes, plus encore dans le temps de la puberté et de ses effets, que dans une époque différente ; qu'elle agit mieux sur les mélancoliques, même un peu furieux, que sur les imbécilles ; qu'elle procure un adoucissement plus marqué dans l'épilepsie provenant de l'histéricisme, de la frayeur que de toute autre cause ; plus dans les pays chauds que dans ceux où règne un grand froid; mais surtout que son effet est prompt et efficace toutes les fois qu'elle est analogue au goût, à l'habitude du malade. Enfin on a observé qu'administrée brusquement, à l'improviste, elle excitoit plus sûrement un grand changement, que lorsque le malade y étoit préparé.

Avec ces données et d'autres que procureront l'observation et l'expérience, un médecin prudent, et qui croira de son devoir de sacrifier quelques momens à son malade, parviendra à estimer les cas où ce remède conviendra, et le mode de l'employer qui sera le plus avantageux.

Je termine par la narration du fait suivant, que je crois justificatif des réflexions que je viens de présenter, et de la confiance que j'annonce dans les effets-de la musique.

Il y a à peu près 24 ans que je fus appelé auprès d'un jeune homme âgé de 26, d'une constitution robuste, mais qui, dans sa première jeunesse, avoit eu le malheur d'être blessé à une jambe. Cette blessure, qui n'avoit jamais été parfaitement guérie, l'exposoit à de fréquens dépôts, et lui rendoit la marche difficile. Sa conduite étoit celle d'un homme sage et raisonnable. Aucun vice particulier ne s'étoit manifesté chez lui.

Depuis onze jours il étoit retenu dans son lit par une fièvre continue avec redoublement, délire ou assoupissement stupide.

Voyant inutiles les vésicatoires, les pansemens animés, les purgatifs de toute espèce, les stimulans les plus actifs, le quinquina à très-haute dose, je proposai d'avoir recours à la musique, sachant que notre malade l'aimoit passionnément et en faisoit journellement ses délices. Le confrère qui le voyoit avec moi témoigna n'avoir aucune confiance en ce moyen, quoique lui-même fût musicien distingué parmi les amateurs.

Assuré qu'avec les précautions que je prendrois, le son des instrumens ne nuiroit pas à notre malade, je demandai à son maître de musique l'air qui, joué sur le violon, lui plaisoit davantage. Je demandai aussi qu'il fût joué dans la chambre voisine, communiquant à celle du malade par la porte qui resteroit ouverte, et que le violon s'approchât insensiblement jusqu'à ce qu'on s'aperçût que ses sons faisoient impression sur le malade.

Cette expérience, faite avec beaucoup d'intelligence, produisit l'effet suivant :

Après deux minutes, le violon s'étant placé près de la porte de communication, qui étoit éloignée du chevet du lit d'environ trois mètres, on commença à apercevoir quelques mouvemens à la tête, qui tendoient à l'élever; les yeux, qui avoient été constamment fermés, s'ouvrirent, mais se fermèrent bientôt, quoiqu'on n'eût laissé dans la chambre qu'une foible lumière, seulement pour observer le malade : sa poitrine s'éleva, sa respiration devint plus sensible, plus large ; il tira ses bras hors de son lit. En un mot, ce corps, étendu comme une masse, sans autres mouvemens que ceux excités par l'irritation douloureuse des pansemens, et par ceux qu'on étoit forcé de lui donner pour le servir, se ranima; mais cette nouvelle vie ne dura que cinq à six minutes. Les forces motrices s'évanouirent, et le malade retomba dans un affaissement presque léthargique. Cependant son visage resta fort rouge, des larmes coulèrent de ses yeux ; on entendit quelques borborigmes qui se succédoient de loin en loin, et qui, après une heure, se terminèrent avantageusement : les urines coulèrent en plus grande quantité qu'elles n'avoient fait les jours précédens ; les plaies des jambes présentèrent un meilleur aspect.

Ce premier succès enhardit à tenter un second essai. Sans ma participation, on joignit au violon la basse, dont le malade jouoit lui-même fort bien. Soit que les sons ne fussent pas assez ménagés, soit que la double sensation, quoique d'un accord parfait, fût trop forte, l'émotion du malade fut plus prompte, plus développée ; mais elle dégénéra bientôt en convulsion, qui fut suivie d'une grande foiblesse avec sueur : ce qui alarma beaucoup les assistans, et fit prendre la résolution de renoncer à la musique.

A ma visite, je ne trouvai point l'état du malade détérioré sous aucun rapport. C'est pourquoi j'insistai pour que l'on répétât la première expérience, en augmentant peu à peu la force des sons et le rhithme, en approchant du malade dans une lente progression, et en suivant des yeux les mouvemens qui se manifesteroient chez lui.

Moyennant ces précautions, les forces se ranimèrent graduellement, l'assoupissement se dissipa ; le ventre, qui étoit bombé, s'affaissa avec mollesse ; la langue, qui avoit toujours été chaude et sèche,

devint humide et fraîche. En augmentant chaque
jour l'action de la musique à raison de la force
que le malade recouvroit, on n'eut besoin que de
peu de remèdes. Ceux qu'on avoit jusqu'alors mis
en usage infructueusement, remplirent facilement
les indications qui les avoient fait administrer.

En un mot, le malade s'est parfaitement rétabli
en peu de temps ; et, jouissant aujourd'hui d'une
bonne santé, il chérit de plus en plus la musique,
à laquelle il ne cesse de publier qu'il doit son
existence, et il est en cela d'accord avec toute sa
famille et ses amis.

Me trompé-je, en attribuant à la musique une
grande part dans la guérison de ce jeune homme ?

(Les limites de cette séance me forcent de m'arrêter.)

Quelques savans, à qui j'ai communiqué mon
opinion, conviennent que les sons modulés et
dirigés avec art doivent produire une action
réelle, et exercer un grand pouvoir dans les
maladies dépendantes des affections nerveuses ;
mais ils lui refusent toute efficacité dans celles qui
ont pour cause l'engorgement matériel des viscères, la dégénérescence des humeurs. Pour moi,
je crois que son pouvoir s'étend même dans ces
maladies. A l'histoire de mon malade, je pour-
rois en joindre plusieurs autres qui m'en ont con-
vaincu. Ceux que le genre de leurs études, leurs

occupations, ne mettent pas dans le cas d'observer, en admettront au moins la possibilité.

En effet, la musique est formée par une suite de sons proportionnés entre eux, et séparés par des intervalles symétriques. On doit considérer les sons dans le corps sonore, dans l'organe de l'être vivant qui en est affecté, et dans le milieu qui établit la communication entre l'un et l'autre. Dans le corps sonore, c'est un mouvement oscillatoire, de vibration des fibres qui le composent; dans l'organe qui est affecté, c'est un ébranlement, un mouvement de ses fibrilles nerveuses; et dans le milieu communiquant, c'est encore un mouvement vibratile des parties qui le constituent, quelles qu'elles soient, aériennes, éthérées, électriques, galvaniques. Ainsi tout est matière, et matière en action : ce n'est point une qualité occulte, un prestige, un enchantement.

Les nerfs étant le principe du mouvement des solides, et par conséquent de l'action de ceux-ci sur les fluides, on doit concevoir qu'étant émus, ébranlés, agités, ils communiquent leur état aux parties qu'ils pénètrent; ils les mettent dans le jeu propre à leur organisation, et leur donnent la force de produire dans les humeurs cette division, cette fluidité, ce cours, qui préparent, amènent et perfectionnent une crise favorable.

La musique, en rendant aux nerfs leur vie,

qui, dans certaines maladies, est suspendue, étouffée, rend les vaisseaux, les viscères aux fonctions de la vitalité. Elle peut donc avoir une puissante influence sur les sécrétions et excrétions, moyens constans de la guérison des maladies que l'on nomme humorales, gastriques, putrides, malignes.

Je desire que les observations que je viens de rassembler, et les réflexions qu'elles m'ont suggérées, puissent réveiller l'attention des physiciens, des médecins, sur les avantages que l'on doit espérer de l'emploi de la musique, au moins contre des maladies difficiles et regardées à peu près comme incurables.

ARTZ.

BAUDOUIN, Imprimeur de l'Institut national, rue de Grenelle St.-Germain, n° 1131.

Frimaire an XI.